続　シマフクロウによろしく

●目　次

続　シマフクロウによろしく

題字・著者

現状維持

人間には本来、現状を維持しようという本能があるという。過去の自分の肯定、将来のリスク回避、このような心理が、現状維持を正当化させるのであろう。平穏無事、事なかれ、日常においては時には有効な生活の知恵かも知れない。

だが文芸の世界では、この現状維持の本能は進歩の大きな妨げになる。というよりも、文芸の本質は、過去に拘らず、リスクを覚悟で大海に船を乗り出すことにあるのではないか。

〝古い上衣よさようなら〟と「青い山脈」の歌にもある。

見えないもの（一）

見えるもののむこうにある見えないものを書く。ひとことで云えば現代俳句の意味はそういうことであろう。その見えないものをどう書くか。省略、凝縮、比喩、寓意、象徴、あるいは写生、具象、抽象、心象、観念、造型などなど、いろいろの議論も、帰するところ、見えない世界をどう書くか、ということに収斂されよう。

そのためにも、裾野を広げる努力、つまり俳句以外の文芸、芸術全般から学ぶことの大切さを思う。

見えないもの（二）

〝見えないものを見えているように書く。見えているものは見えていないように書く〟俳句のコツをひとことで云えば、こういうことになろうか。見えているものを見えている通り書いたとて、何程の詩が生れよう。また見えないものを見えないと云ったところで、面白くもおかしくもない。

〝遠くのものは近くに置け。近くにあるものは遠くに持ってゆけ〟という古人の言もある。通底するところは同じで、いずれも〝虚と実〟についての謂にほかならない。

正解

俳句には正解はない。世の中のことに絶対がないと同様、俳句でも唯一これだけが正しいというものは、多分存在しまい。

芭蕉が凡兆の〝雪積む上の夜の雨〟の上五に〝下京や〟と付けて、これが駄目なら俳句をやめる、とまで云ったと伝えられるが、芭蕉の自信のほどは措くとして、これが本当に正解かどうかはなんとも云えない。

だから、われわれが他人の句に対して出来るのは、せいぜい、こうした方がよいのでは、と代案をアドバイスするていどであろう。

感動

――風呂屋の壁に描かれた富士山の絵は、日常的な安心感はあるが、感動はない――。俳句においてもまた然り。日常的な安心感はあるが感動のない俳句が充満している。それは多分作者自身に感動がないから。ここで云う感動とは、対象への心の傾斜を云う。

対象への心の傾斜――もちろんよく見てよく知ることは大切であろう。しかしもっと大切なことは、対象について考える。つまり深く思いを巡らすことであろう。

何を書かないか（一）

〈日本画で重要なのは〝何を描くか〟でなく〝何を描かないか〟です。見た対象でなく、見て感じた世界を描いているのです〉とは、山種美術館々長の山崎好子さんの言葉。

俳句でも全く同じことが云えるのではないか。〝何を書くか〟ということは、つまり〝何を書かないか〟ということ。すべてを消し去ったあとにたった一つ残った〝本質〟という珠玉を見付け出して書く。画も俳句も通底するところは全く同じである。

モノとコト

モノとは、形があって、手に触れたり、対象として感知、認識しうるもの。コトとは、時間の経過とともに進行する行為。おおざっぱに云えば、こういうことになろうか。

もしそうであるならば、俳句は、コトを大きく含みながら、直接的にはモノを書く文芸と云ってよいのではないか。

事柄だけを云っている俳句が何か頼り無いのも、対象として感知、認識しうるものが希薄だからなのであろう。

わかる

〈云ったからわかるわけではない。わかったから出来るわけではない〉。昔、句会で〝あれほど云っているのにまだこんな句を……〟と怒った先師和知喜八を宥めて、私が云った言葉である。

しかし最近、師の怒りがよくわかる心境になってきた。強ち私の加齢のせいばかりと云えないところが口惜しい。

平成23年がまさに終ろうとしている。大災害も、破綻寸前の国の財政も知らぬげに、陽は昇り、そして沈む。新しい年はどのような年になるのであろうか。

選（一）

当り前のことだが、選句はその場に提出された句の中から、定められた数を選ぶ作業である。ということは、その場に出された句からしか選べない。よそから持ってくるわけにはいかない、ということである。

どうも思うような選ができていないな、と思うときは、そのときの句が全体的に低調なのだと思う。定められた数を選ぶために、選者はときに必ずしも意に染まぬ句を選ぶこともある。だから選は絶対ではない。

こころ

言葉を操っただけの俳句が相変らず多い。特に男性の作者に顕著である。理と智を好む性向のゆえであろうか。しかし俳句は本来理屈立てをするものでなく、出会いの一瞬を詠うものである。実体の裏付けのない言葉はただの想念、概念であって詩ではない。心を伴わない言葉は形骸に過ぎず、如何にも虚しい。

俳句は〝言葉〟ではなく〝こころ〟で書くもの。芭蕉も〈心の作はよし。詞の作は好むべからず〉と云っている。

受破離

〝受破離〟という言葉がある。受容、打破、離脱ということで、これは俳句の世界にも当て嵌ることのように思う。

具体的に云えば、俳句入門した当初は、ひたすら周囲から吸収する。次第に俳句がわかってくると、これまで学んだものを打ち破り、やがてはそこから離れて全く新しい別の自分の俳句を確立する。とまあそういうことになろうか。

俳句を始めて五年も経ったら、当然、破離の段階に入っている筈で、もう新人とは云えないのである。

歳時記

俳句歳時記の四季の区分について、実際の生活実感と一ヶ月のズレがあることが云われる。例えば厳寒期の二月四日の立春から春というのは、実際とかけ離れている、というのである。

しかし、もともと歳時記というのは、それ自体が一つの文学作品であって、俳句作者はそれを俳句というあそびの道具として使っているに過ぎない。つまり俳句を作るときの単なる約束ごととしているわけで、約束ごとである以上、現実の生活実感とは別ものであるのは当然、と思うがどうだろう。

確かなもの

今の日本は〈なんでもありだが、何一つ確かなものはない〉状況だと、永田龍太郎氏は云う。その通りだと思う。だとすれば、いやだからこそ、人間の魂に関わる俳句という文芸に携わっている私達は、自分が今生きている意味を自らに問い、そのことによって自己の存在を確かめることが必要なのではないか。こういう時代状況だからこそ、今急いでそれをしなければ、そして、それにふさわしい作品を残さなければ、後世に顔向けできないと思うのであるが。

個性

役者は、当然ながらその役になりきることを求められる。しかしそれだけでは十分ではない。その役に自分をどう生かすか、それができなければ本当の役者とは云えない。

俳句も、まずは一応俳句という枠に収めること、これは当然だが、それだけではなく、自分という存在をそこにどう投影させるかがもっと大切である。それが個性というものであろう。

個性のない俳句は詩ではない。

好き

オリンピックが始まって、連日アスリートたちの熱戦が繰り広げられている。彼等のたたかいには目標がある。相手に勝つというゴールの見えるたたかいである。

スポーツとちがって、もともと他と競うゲームではない俳句にはゴールはない。はっきりした目標もない。あえて云えば自分自身が目標でありゴールである。つまりは自分自身の成長だけが恃みの苦しい作業なのだ。

そんな労多く結果の見え難いことを営々と続けているのも、ひとえに俳句が好きだからなのだろう。

抽象と具象

言語というのは、云ってみれば現実の抽象化である。だから本当の〝写実〟などは、言語を介する限りありえない。どのようなリアリズムの作品でも、言葉で表現されたときには、なにがしかの抽象化が加わっている。

同時に、最初から抽象化、観念化を目指して作られた作品でも、何らかの具象の裏付けがなければ、根も葉もない絵空事になり終る。

抽象と具象の微妙な間の危ういところで成り立っているのが詩であろう。〝虚実皮膜〟とは、多分こういうことなのであろう。

考えて作る

俳句はこういうものだと決めてしまって、それに合わせて作ることをしていないだろうか。歳時記に出ている例句などは、ほとんどがそういう類いの句が多い。だから例句になるのだろう。

そうでなく、いつも俳句ってどういうものだろうかと考えながら作る。そこに俳句を作る意味があるのではないか。そうすることをやめてしまったときから、その人の俳句は陳腐でつまらないものになる。

詠う姿勢

何を詠うか、つまりテーマは大切である。しかし本当に大切なのは、テーマではなくて〝テーマに向き合う姿勢〟なのではないか。

詠う対象は、ことさら難しいこと、新しいことである必要は全くなく、云ってみればごく普通のことでよいと思うが、ただそれをすこしだけ見方を変えて云う。

俳句の新しさとは、テーマの新しさではなく、見方、つまり向き合う姿勢の新しさだと思うのだがどうであろうか。

文語と口語

俳句の五七五のリズムは、日本古来のことばである文語を基調としたリズムである。

一方私達が日常使っていることばは口語による話しことばである。そのため日常のことば、つまり口語的発想をそのまま俳句のリズムに乗せるにはかなりの無理がある。

だから俳句は文語、歴史的仮名遣いで書くべきだ、との主張もあるが、ここはそう固定的、厳密に考えず、広く〝現代の俳句の書きことば〟として捉えてはどうかと思うのだが。

詩精神

〝易しいことを難しく云うのは易しい。難しいことを易しく云うのは難しい〟。よく聞く箴言だが、ときどき、つまらないことを難しい言葉で飾って、さも立派なことを云ったといわんばかりの俳句にお目に掛ることがある。

俳句は決して易しい文芸ではないが、難しいことを云うものではない。易しいことを難しく云うのは、その作者に、抱え込んでいる重いものがないから、内面に詠いたい切実なものがないから難しい言葉でごまかす、つまりは詩精神の欠如ということにほかならない。

何を書かないか（二）

何を書くか、何を書かないかに関わってもうすこし云えば、書く対象のどこにポイントを置くかも大切である。つまり書くと決めたもののどの部分をクローズアップさせるのか、べタに書いても作者の意志は伝わらない。

何を書くか書かないかと同様、どこを強調するかを決めるのは、掛って作者の詩に対する姿勢による。つまり作者の決意である。いってみれば、詩は決意なのだ。決意のないところに詩は生れない。

季語

季語が、とってつけたように、私はここにいますとばかり居据っている俳句は、概してつまらない。あとから季語の存在に気が付く、そういうさりげないのが好もしい。

要するに歳時記を金科玉条として、首っ引きで俳句を作ることの愚。歳時記に書いてあることは、あくまで一つの意見に過ぎない。季語は自分で見付けるものなのである。

芭蕉も〈季語の一つも探り出したらんは、後世によき賜〉と云っているではないか。

添削

作品の添削は、できればしない方がよいのだが、一定の数を載せるために、やむをえず最小限度に手を入れることがある。原句の意図を損なわぬよう、すこしだけ直すというのは、意外と難しい。

かなり苦労して添削して雑誌に載せたのに、本人からは何のコメントも返ってこないことが多い。私の添削について作者がどう思っているのか知りたいのだが、全くの無関心というのはなんとも淋しい。

句会（一）

句会で採られなかった句は捨ててしまうという人がいる。また句会に出した句は、雑誌に出してはならないという結社もあるという。なにか間違っていないか。それでは一体、句会は何のためにあるのか。句会で意見を聞いた上で自句を再度推敲、修正して雑誌に出す。その繰り返しによって力をつける。句会はあくまで、投句のための勉強の場と心得たい。

生命を、人間を

〝生活でなく生命を、人生でなく人間を〟と思っている。もちろん、生活を書くことによって生命に触れる。また人生を書くことによって人間の深奥に迫る、ということもあるとは思うが、生活や人生の段階に止まっている限りは、生命や人間の真実は遂に書けないのではないか。

生命の重さ、人間の生きる意味、そんなものが多少でも俳句で書ければ、こんな素晴しいことはない。

権威

いわゆる権威なるものの云う事は、半分しか信用しないことにしている。身近な例で云えば、歳時記、辞書の類で、全くの嘘ではないと思うが、かなり眉唾で、鵜呑みにするのは危険である。

例外があって、国や政府、政治家の発言は、半分どころか全く信用しない。戦時中や、さきの原発事故、最近のアベノミクスなどを思い浮かべれば理由は云うまでもあるまい。

話を歳時記、辞書に戻せば、季語も言葉も十分自分の息を吹き込んで使う、ということであろう。

普通のことを云う

俳句は難しい。しかし難しいことを云うものではない。難しいことを云うのが俳句だとばかりに、やたらと抽象的な云い回しをしたり、康熙字典から引っ張り出してきたような言葉を並べたりする人をときどき見掛けるが、それはその人の詠いたい内容が無いから言葉で飾ろうとするのではないか。

短くて正解のない俳句は確かに難しい。しかし本当はやさしくなつかしいものなのだ。普通のことを普通の言葉で普通に云う。それが俳句なのだと思うがどうだろうか。

群れない

日本人はとかく群れたがる、と云われる。それは同質を求めるからであろう。つまり、人と同じであることで安心し満足する心理である。たしかにそれは気楽で心安まることには違いないが、自立の精神からはほど遠いのではないか。

俳句は云うまでもなく個の作業であり、孤の仕事である。群れて同質化したところからは、本当の詩は生れない。

群れない、孤立を怖れない、異質を誇る。俳句の道は意外と厳しい。

選（二）

選はあくまでも参考である。俳句に絶対や正解がないと同様、選にも絶対や正解はない。参考意見を提示しているに過ぎない。同様に、句会などでの評も、そのときの、その人の思いつきに近い見解であって、決して正解ではない。だから、決めるのはあくまで作者本人。選の結果や句会での意見を採用するもしないのも、すべて作者自身の責任においてなされるべきことである。

但し、俳句に正解はない、選は絶対ではない、ということを未熟の隠れ蓑にしてはなるまい。

55周年

〝子供の頃は一日は早いが一年は長い。大人になると一日は長いが一年は早い〟と云われる。実感としてはそうだなと思う。振り返ってみて、二十歳ぐらいまでのなんと長かったことか。これがもっと年をとると、一日が早く、一年も早い、となる。時間に追われながら一日が過ぎ、一年が過ぎてゆく。

創刊55周年の今年、いろいろな事業や行事もあっという間に終り、まもなく暮れようとしている。皆様に感謝しつつ一年を締め括る。

日常と非日常

旅は帰るところがあるから楽しいのである。帰るところのない旅、つまり放浪は、決して楽しいものではあるまい。私達普通の市民にとって、旅は日常を離れた非日常の世界であるが、決して日常とかけ離れたものでなく、日常の上に成り立った非日常なのである。非日常の旅にあっても、日常を忘れず、日常のこころを持って旅の風物に接する。そうすれば、相手も必ずあなたにやさしく微笑みかけてくれる筈だ。ふたりごころとはそういうことである。

散文と韻文

俳句は散文でなく韻文です、と云うと、散文と韻文の区別がわからないと云う。普通にわれわれが日常書いている文章はすべて散文、そういう散文の文脈に乗らないものが韻文なのだが、手っ取り早く、俳句は五七五のリズムで書くから韻文です、と云うことにしている。

最近は俳句でも口語的発想、口語的表現が多くなったせいか、全体に散文化の傾向が著しい。しかし文語、口語に拘らず、俳句はあくまでも韻文であることを、しっかりと肝に銘じたい。

あれも真

何度も云っているように、世の中のことすべてと同様、俳句にも絶対はない。あれも真、これも真である。だから自分がこうと思うことを続けるしかない。ただ、自分のやっていることだけが正しいと思いこまないこと。俳句に正解はないのだから。他を認めることのできる人だけが、他からも認められるのである。そんな状況のなかで自分の俳句を貫き通すのはたいへんなことだが、文芸とは本来そういうものであろう。

深い内容をやさしく

表現（言葉）はやさしく、内容は濃く、深くというのが俳句の要諦だと思う。やたらと難しい言葉で飾り立てるのは、内容が貧しいから。つまり内容に自信がないからではないか。易しいことを難しく云うのでなく、深い内容をやさしく云う。もっともこれがいちばん難しい。だからつい言葉に走ってしまうのだろう。易きに付かず、あえて困難に挑む、そこにこそ本当の詩を生む源泉があると思うのだが。

一流性と一般性

文壇の芥川賞、直木賞とはすこし意味合いが違うが、俳句も二面性を持っている。芸術性と大衆性、一流性と一般性である。どちらが良い悪いということでなく、云ってみれば、芸術、文芸すべてに共通する宿命であろう。

結社はその両方を呑み込まなければ成り立たない。主宰の意志、志向はそれとして、結社を運営するためには、そのどちらの作者も抱え込んで、それぞれに所を得させることが求められる。そこに結社運営の難しさがあり、主宰の指導者としての資質が問われるところでもある。

漢字と仮名

私達が普通目にする文章（俳句や短歌も）は、漢字仮名混り文である。考えてみると、これは実に優れた先人の知恵だと思う。

漢字は表意文字でそれ自身に意味がある。だから漢字漢語は、見た瞬間に意味が伝わる。表音文字である仮名は字自体には意味は無い。ひとかたまりの言葉になってはじめて意味を持つ。しかし仮名文には独特のやさしさと匂いがある。

短い俳句の場合、同じ言葉を漢字で書くか仮名で書くかで読者に与える印象は大きく違う。その選択は掛って作者に委ねられているだけに、漢字と仮名の微妙な使い分けは大切だ。

自然科学と人文科学

誤解を怖れずに、ごくおおざっぱに云えば自然科学と人文科学の折り合いをどうつけるかが俳句なのではないかと思う。

歳時記の季語は、生活や行事などの一部を除いて、ほとんどが自然科学、もっとひらたく云えば〝理科〟である。そこに感性や言語感覚といった人文科学的要素をどう滑り込ませるか、そのかね合いが一句の味わいを決める。

そんなことを考えながら俳句を作ってみるのも、ときには面白いかも知れぬ。

想像力（一）

人が生きてゆく上でいちばん大事なものを一つだけ挙げよ、と云われれば、それは〝想像力〟ではないかと思う。対人間の摩擦、失敗、さらには犯罪なども、ちょっと想像力を働かせて行動すれば避けられたのではないか、と思われるケースが多々ある。

翻って俳句の世界でも、想像力はもっとも重要である。書き手と読み手の想像力の鬩ぎ合いが俳句の面白さだ、と云ってはと云い過ぎだろうか。いわゆる吟行なども、つまりは想像力を膨らませるためにある、とさえ思うのだが。

努力と偶然

俳句は人生と似ている。長く生きていて特に良いことがあるわけではないが、ごくたまに、生きていて良かったと思えるようなことに巡り合うことがある。そんな出会いのために、人は営々と毎日を生きる。

俳句も頑張ったからといってすぐに良い句ができるわけではないが、あるとき全く偶然にオヤと思うような良い句が授かることがある。そしてそれは、日頃努力していないと、そういう幸運には巡り合えないのである。

師は一人（一）

〝師は一人〟と思っている。これまでにずいぶん多くの先生方と知り合い、それぞれに親しくおつき合いさせていただいているが、そういった方々は、尊敬する大先輩ではあっても、師と思ったことはなかった。師は終生和知喜八一人であった。

多くの先達からいろいろなことを吸収するのは良いことだが、師と仰ぐ人は常に一人、でないと自分の俳句が一貫しないのではないかと思う。

ひとりをどう生きる

つまるところ、ひとりをどう生きるか、ということになるのではないか。一家団欒の期間は意外と短い。子が成長すれば独立して離れ、やがて配偶者も居なくなって、一人残される。

俳句の世界でも、長い間一緒に俳句を楽しみ語り合ってきた親しい仲間も、時の移ろいとともにつぎつぎと退場して、遂には自分一人になる。それからの長い一人の時をどう生きるか。そのときこそ、その人の本当の人間力が試されるのであろう。

日本語（一）

日本語は難しい。その日本語を、しかも韻文で書く俳句はもっと難しい。助詞一つで全く意味が変ってくるし、助動詞の活用を誤ると、妙な言葉遣いになって句意が正しく伝わらない。

俳句に携わる人はまず正しい日本語をしっかりと習得して欲しい。それには優れた文章をたくさん読むこと。本をよく読んでいる人は、文法など知らなくても正しい日本語が自然と身についている。日本語を粗末に扱ってはいけない。日本人なのだから。

ふたりごころ

数学者の岡潔は、数学の本質を俳句に見出し〈俳句は感覚の世界にあるのではなく、その奥の情緒の世界にある〉と云い、その理由として〈感覚は刹那に過ぎないからその記憶はすぐに薄れるが、情緒の印象は時が経っても変わらない〉とし、〈情緒とは自他通い合う心〉と断じた。

ここで云う〝自他通い合う心〟こそ、いつも云っている〝ふたりごころ〟にほかならないと思うが、どうであろうか。

自由と不自由

自由ほど不自由なものはない。俳句が難しいのは、何をどう詠っても自由だからである。何をやってもいい俳句には、当然教科書などない。だから俳句には正解はない。あれも真、これも真なのである。

ひたすらに自分を信じ、自分がこうと思う道をまっすぐに突き進む。他人の意見ほどあてにならぬものはない。長く苦しい自分との闘い。俳句の道とはそういうものである。

下手と上手（一）

〈下手上手を気にするな、上手でも死んでいる画がある。下手でも生きている画がある〉とは、画家中川一政のことば。このことはそのまま俳句にも当てはまる。うまいなあと感心するが感動しない俳句は、つまりは心が見えないのである。うまいことはもちろん良いことだ。しかし本当の良さはうまさのもっと先にある。技術的には多少難があっても何か心を動かされる俳句に惹かれる。〈上手は下手の手本なり、下手は上手の手本なり〉と世阿弥も云っている。

土壌を豊かに

大相撲の横綱白鵬は、モンゴル人だが、日本人以上に日本人の心を持っていると思うことがある。かつて〈稽古だけで強くなるのには限界がある。心を豊かにすることも、一人で考え込むことも、一つ一つすべてが努力で、そうしないと強くなれない〉と云っていた。

俳句もそうで、ただ作って句会に出るだけでは上達は覚束ない。俳句の土壌を豊かにすること、俳句の視野を広げること、これをやらなければ本物の俳句はできない。

日本語（二）

当り前のことだが、俳句は日本語で書く。日本語を離れて俳句はない。外国人がその国の言葉で書くいわゆるハイクは、短詩ではあっても、厳密には俳句とは云い難い。

日本語は私達日本人にとっては母語である。だが日本語は、世界でも難しい部類に属する言語だと云われている。その難しい日本語で、世界一短い俳句を書く。これほど難しいことはない。俳句作者は、まず自分の日本語を磨いて欲しい。

生涯現役

〝生涯現役〟を願っている。もちろん、人間先のことはわからないが、脳が正常に働いている限り、自ら途中退場はしないつもりである。

とは云うものの、そんなうまい具合にゆくのかどうか、必ずしも確信はない。ただ自分の覚悟として、自ら筆を折ることはすまいと思っているだけである。

だから私の俳句を見なくなったら、そのときはこの世にいないものと思って欲しい。

と、これは昭和の男の、昭和の日の戯言である。

選句

俳句を幾つか見ても、その人の本当の実力はわからないが、句会などでの選句を一度見ればその人の力がすぐわかる。自分のレベル以上の句は採れないからだ。選句は嘘をつかない。

世の中に百点の句はない。と同時に零点の句もない。どの句にも良い所と悪い所がある。欠点が気になる人は採らない。逆に良い点を評価する人は、少々の瑕には目をつぶって採る。だから選句を見れば、その人の俳句についての考え方、つまりレベルがたちどころにわかる。選句は選者の俳句観、俳句姿勢の反映なのである。選句は大切である。

一人一人の俳句

〝響焔の俳句はこうあるべき〟とか、逆に〝響焔の俳句はまだよくわからない〟など、〝響焔の俳句云々〟といったことをときどき聞く。そんなものが一体あるのだろうか。Ａ氏の俳句はもちろんある。Ｂさんの俳句もたしかにある。しかし〝響焔の俳句〟と一括りにして云われるようなものは断じてない。響焔は作品については全く自由であって、いっせいに右向け右という結社ではない。毎月の同人の作品を見れば一目瞭然、一人一人の俳句があってそれだけである。勘違いしないで欲しい。

完璧

〈完璧が達せられるのは、付け加えるものが何もなくなったときではなくて、削るものが何もなくなったときである〉とは、フランスの飛行家で作家のサン・テグジュペリの言葉である。

私達の俳句に完璧など望むべくもないが、それでもこの箴言はそのまま当てはまる。俳句を推敲するとき、ともすれば何かを加えることに熱心である。そうではなく、まずぎりぎりまで削って、そのあとで削ったところをどう補うかを考える。そうすれば私達の俳句も随分と様変わりするのではないか。

二回死ぬ

人は二回死ぬ、と云われる。一回目は文字通り肉体が滅びたとき、そして二回目は、その人を知った人がこの世に誰も居なくなったとき、という。

肉体の死は常識的にもよくわかるが、もっとも痛切なのは、自分を知った人が誰も居なくなることである。狂おしいほど恐ろしいと思う。

先師和知喜八先生が逝って、この10月で11年になる。響焔の同人でも先生を知っている人がずいぶんと少なくなった。時代の移り変りとはいいえ、淋しいことである。

自分との闘い

俳句はつまるところ、自分との闘いである。発表するからには、相手に伝わって欲しいと思うのは人情だが、それよりも〝己に伝わる（納得する）か〟はもっと大切であろう。だいたい自分が納得していないものを、他人が理解する道理がない。場を盛り上げるために選をしたり、コンクールで優劣を競ったりするが、そのような一過性の評価などはどうでもよいこと。自分の魂とどう切り結んだか、どう闘ったかこそが問われなければならない。他人の評価はあくまでも単なる参考と心得たい。

〝高得点に秀句なし〟という昔からの箴言もある。

無駄な言葉

相撲や剣道、柔道といった一対一の格闘技は、すこしでも無駄な動きがあると負けるという。特に積極的なミスがなくても、ほんのちょっとした無駄な動きが即負けにつながるというから怖い。

翻って俳句のような極端に短い詩の場合も、無駄な言葉が命取りになることは経験が示している。重複する言葉やものの云い、あるいは意味のない言葉は、一句に緩みをもたらし凡作に終る。これを防ぐには、日本語に習熟することはもちろん、本をたくさん読むなど不断の訓練が欠かせない。

現在過去未来

最近読んだ詩に〈未整理の過去と手さぐりの未来との間に、点描でしか描けない現在がある〉というのがあった。（伊藤伸明「とつとつな音」）

昨日はもう過去、今日も明日になれば過去で、まさに未整理なままどんどん過ぎ去ってゆく。そして、未来は何も見えない。過去と未来をつなぐ現在はと云えば、ただ生きて、おろおろと何かをしているだけである。

私達の俳句も、未整理の過去を引きずりながら、見えない未来を手探りしてあがいている現在を書いているのだろう。

評価

芭蕉に〈句は天下の人にかなへる事やすし。一人二人にかなふる事かたし〉という言葉がある。要するに一般受けのする句を作るのは易しいが具眼の士に認められるような句を作るのは難しい、ということである。私達の俳句に置き換えて云えば、たくさん点の入るような句は警戒を要するということで、それよりもこの人と思う士に評価されるような句を作るべし、ということになろう。

師（先生）は一人ということとも通底する大切なことである。

想像力（二）

〈空想と想像の違いは、後者は根拠に基づいてなされること〉とは、柳田国男の言葉。

俳句は想像力の勝負、作者と読者の想像力の鬩ぎ合いだと思っているが、この場合の〃想像力〃はもちろん柳田の云う〃根拠に基づいた〃ものであって、根も葉もない嘘や、単なる夢想などであってはなるまい。

〈実に居て虚を行ふべからす、虚に居て実を行ふべし〉と、かの芭蕉も云っているではないか。

〝何〟を〝どのように〟

〝何〟を〝どのように〟書くかは、俳句にとって大きな問題である。しかしこれほど不確かなものもない。作家の川上弘美さんは、（小説において）〝何〟と〝どのように〟は切り離せないと云う。そして〝何〟が最初からあるわけではない。〝どのように〟の選び方によって〝何〟は変化する。それにつれて〝どのように〟も移ってゆく、と云っている。助詞一つで全体の意味が全く変ってしまう俳句のような小さな詩型では尚更で、思い当ることが多い。

祖国はありや

六十年前に〝身捨つるほどの祖国はありや〟と詠ったのは、早世した寺山修司である。（歌集『空には本』昭和33所収、〈マッチ擦る束の間海に霧深し身捨つるほどの祖国はありや〉）

さらには現在、安保法、原発、沖縄米軍基地、そしてオリンピックに数百億円を支出しながら〝保育園落ちた日本死ね〟の声に有効に向き合うことすらできない、そんな国に私達は生きている。

そういう一般国民の生き難い国の中で、心の詩である俳句を作ることの意味を、ぜひしっかりと考えて欲しいと思う。

続ける

俳句は頑張ってやったから必ず良い句ができるとは限らない。これは長年俳句に関わってきて身に沁みて感じていることである。しかし、頑張って続けなければもっと悪い結果になる。これも長年の経験からはっきり云える。なんとも厄介なものに関わってしまったものと思う。

それにしても、まさに〝日残りて暮るるにいまだ遠し〟の心境の昨今である。

断捨離

〝断捨離〟ということがよく云われるが、俳句でも断捨離はたいせつなことである。思いを断つ（情を述べない）、不要なものを捨てる（本質だけを残す）、対象から離れる（客観視する）。具体的には、何を残し何を捨てるかを的確に判断する、ということである。特に初心者の俳句がいまひとつすっきりしないのは、捨てるべき不要なものを残し、本当にだいじなものを捨ててしまうからである。本当にだいじなもの（本質）だけを残してあとは全部捨てる、この判断の是非が一句の成否を決める。心したい。

文芸

俳句はもちろん何をどう詠ってもよい詩だが、とは云っても、俳句を読んでいて、何もこんなことをわざわざ俳句で云わなくても、と思うことがときどきある。それは多分、俳句が詩であること、文芸であることを忘れているからではないか。日常の些細な経験が出発点になっているのはわかるが、それをどうしたら詩の次元に高められるか、つまり現象でなく本質を云う、そのことにほんのすこし思いを至すだけで、その人の俳句はずいぶんと変ってくると思うのだが。

事実と真実（一）

事実を積み重ねることで真実に辿りつく——テレビの刑事ドラマなどでよく耳にする言葉である。しかし俳句のような文芸の場合は、事実をいくら積み重ねても真実に辿りつくとは限らない。むしろ事実は事実として受け入れた上で、事実から離れることで真実が見えてくることの方が多い。

もちろん事実は大切である。しかし事実を書くことに汲々としている限り、本物の詩——真実はついに彼の前に姿を現わさないのではないか。俳句は刑事ドラマとは違うのである。

師は一人（二）

師は一人――これは俳句を学ぶ上での鉄則である。あちこち出掛けていろんな俳句を学ぶ、と云う人がいる。言葉は美しいが、初心者にとってはむしろ有害である。これでは結局俳句がわからなくなる。俳句入門してすくなくとも十年くらいは、一人の先生についてその俳句を徹底的に吸収する。これが上達の早道である。

先生は一人。肝に銘じたい。

拵え

繰り返し云うが、俳句の新しさとは、材料や言葉の新しさではなく、あくまでも、拵えの新しさである。〝ものの見方の新しさ〟と云ってもよい。徒に難しい言葉を派手に並べて珍奇な内容で人目を惹く、といった姿勢からは、ついに本物の詩は生れない。

〝普通のことを、普通の言葉で、普通に云う〟は、常に俳句の鉄則である。〝ことばではなくこころ〟つまりはそういうことであろう。

各個撃破

白灯集作品が集まる23、24日頃から、翌月の10日頃までが、響焔の仕事のピークである。だからその間にほかの仕事、大会作品の選とか総合誌の原稿とかが入ると、時間のやりくりに窮することになる。

そういうときは、仕事を横に並べて頭を抱えるのでなく、締切が早いなどプライオリティの高い順に縦に並べて各個撃破する作戦を立てる。この方法でこれまで多忙を理由に原稿依頼を断ったことは一度もない。

敵は一人

俳句のような文芸は、つまるところ、たった一人の敵に対して鋭く放つ矢のようなものではないか。具体的に云えば、目標と定めた具眼の士に向かって、これでどうだと自作を示す、そういうものであろう。

だから句会などで徒に高得点を競うなどは下の下、この人と狙った誰かがどう評価してくれたか、そのことに意義を見出す。俳句とはそういうものだと思う。

離れる

〈当初の構想を消し去ったとき、はじめて絵が完成する〉と云ったのは、フランスのキュビズムの画家ジョルジュ・ブラックである。

俳句について云えば、当初の構想を消すとは、つまり最初に見たもの、思ったことから離れる、ということであろう。見たものを如何にうまく云うかが俳句だと思っているとすればそれは違う。はじめに見たもの、思ったことは単なる詩のきっかけ、それを丸ごと呑み込んだ上で、あと如何にそこから離れるか、そこからが本当の俳句の作業である。心したい。

説明

〝文学とは、言葉で表せないことを、それでも言葉で書いたもの〟と云う。それに倣って云えば、俳句も、本来言葉では表せないことを、あえて十七音の言葉で書いたもの、ということになろうか。わかり易く云えば、説明できるような俳句は本物ではない、ということである。言葉で説明できないから俳句にするのだから。

句会などで滔々と自句を解説する人は初心者だと云うのは、そのへんのことを云っているのである。

偶然

偶然に良い句ができた、そんな経験を持つ人は多いのではないか。そう、良い句は偶然にできるものなのだ。と云って、漫然と待っていてよいわけでなく、常日頃俳句について考え、工夫をこらす中で、たまたま偶然の女神がこちらを向いてくれるのである。

人生も似ている。いつめぐり会えるかわからぬ好運のために、人は営々と生きる。

好運はほとんど偶然の産物である。そしてその好運を齎すのは普段の努力である。

知的深化

情報が知識になり、知識がさらに教養になる。人間の知的深化は、だいたいこんなかたちで進んでゆくのではないか。そしてその教養に経験や想像力、感性などが加わったとき、はじめて詩と呼ばれるきわめて高度な認知行為が生れるのだと思う。つまり詩（俳句）は、知識や教養を突き抜けたもっと先にある、ということである。

初心者の俳句が感動を呼ばないのは、教養はおろか情報や知識の段階で止まっているからではないか。きっとそうだ。

巧と真

〝巧〟と〝真〟とは全く違う、というよりむしろ相反するものではないか。俳句について云えば、うまい俳句と本物の俳句とは別物だ、ということである。うまい俳句は、口当りがいいから、読んで抵抗感がなく、素直に頭に入ってくる。しかし本物の俳句は、何を云っているのかすぐには理解できず、一見下手そうに見えるが、案外その中に真実が籠められていることが多い。俳句を読むとき、目先の巧拙に惑わされず、その真実の声を汲みとること。自戒を込めて改めて思う。

句会（二）

句会はだいじである。だいじであるが、自分の句がどう評価されたか、つまり何点入ったかだけが関心事というのでは勿体ない。自作の評価は当然気になるところではあるが、句会の本当の意義は、他の人の句で勉強することにある。他の人のどういう句に対して、先輩方がどう云ったか、そのことを他山の石とする心構えで句会に臨めば、句会はもっと楽しい、有意義なものになるのではないか。他人の句で学ぶ、心したい。

人間

文学の大命題は、人間のありよう（ザイン）を書くことである。だから作品で人間がどう書けているかに作家は命を削る。

俳句も文芸の端くれだとしたら、人間がどう書けているかは、もっとも重要なことであろう。たとえ風景やまわりの自然を詠っても、その中で作者という人間がどう係わっているかが常に問われている筈である。何をどう書いてもいい。が十七音の中で作者という人間が厳然と居据っている、そういう俳句が本物なのではないか。

今を生きる

人生のどんづまりにきているせいか、〝今を生きる〟ことの大切さをしみじみ思う。過去をいやおうなしに引き摺りながら、そして見えない未来を思い浮かべながら、人間は今という時をともかくも生きてゆくほかはないのだ……。

そういう意味で、俳句はまさに〝今を生きる〟文芸である。〝いまここわれ〟とは、とりもなおさず只今の自分を生きるということにほかならない。俳句の第一歩は、もしかしたら、人生の今を確かに生きることから始まるのかも知れない。

普通でない何か

俳句は、もちろん文芸ではあるが、決して特別な人の特別なものではなく、云うなれば昔から云われているように庶民の詩である。だから普通の人が普通のことばで云えばよいのだが、もうすこし云えば〝普通の人間の内部にひそむ別なもの〟を書くもの、つまり、普通の人が普通の生活の営みの中で、あるときふと自分の心の中を覗いたときに見た〝普通でない何か〟、そんなものをことばで書き留めたのが俳句だ、と云っては云い過ぎだろうか。

継続

〝継続は力、努力は天才〟と云われるが、つまりは継続して努力できる人が天才、ということであろう。一時の努力はやろうと思えばできる。試験勉強が良い例である。しかし継続は難しい。

努力を継続できるその源は何だろう。きわめて単純な答えだが、それは〝好き〟ということではないか。好きなことには人間は努力を傾注できる。とは云っても、好きかそうでないかは俄かにはわからない。努力を続けている間に好きになるということもある。

詩ごころ

俳句を日記代わりの身辺雑記と心得るか、ともかくも文芸の端くれと考えるか、前者は手法的には見たものを中心に書くことになろうし、後者は言葉をだいじにして俳句を書く、とまあきわめて大雑把に云えばそんなことになるのではないか。

もちろん俳句は庶民の詩であって、いろいろな人がいろいろな形で楽しめばよいわけだから、どちらが良い悪いということではなく、作者の詩ごころの有無ということになるのだろう。

俳句はテーマや手法ではなく、つきつめれば作者の詩ごころが問われているのである。

動詞

動詞を減らす。動詞は説明のための言葉。動詞が多いほどその句は説明になる。動詞は使わぬに越したことはない。俳句は体言の文芸と云われているくらいだから。文章は動詞から腐る、と云ったのは開高健、短い俳句はなおのこと。

語順を変えてみる。思っていることをただ述べるから句が弛む。語順を変えて句を引き締める。例えば結論を先に云うとか。

省略に徹する。俳句は省略し過ぎるくらいでちょうどよい。俳句は引き算、極力言葉を削る。

作句の要諦はこんなところか。

誤解と理解

〈恋愛は美しき誤解で、結婚は惨憺たる理解だ〉と云ったのは、昭和の文芸評論家、亀井勝一郎だが、俳句の場合もややこれに似ている。

俳句と出会った最初の頃は、短くてとっつき易いとのめり込む（美しき誤解）が、だんだん俳句がわかってくると一筋縄でゆかぬことに気付き苦しむ（惨憺たる理解）。

そこから先が問題で〝美しき理解〟に辿り着くまでの曲折と到達は、偏にその人の情熱と努力に掛かっている。

すこしだけ云う

〈考え抜いて、ふんわり表現する〉とは某グラフィックデザイナーの言。これは俳句にも当てはまる。

いろいろ材料や言葉を思い浮かべてさんざん考えた末、俳句として出すときは、その中のごく一部、ほんのすこしだけをさりげなく云う。云わなかった思いや言葉は、必ず云ったことの行間に滲んでいるものだと思う。

たくさん考えてすこしだけ云う。俳句という詩の強さは、このへんにあるのではないか。

グレーゾーン

二分法は単純でわかり易いから、なんとなく説得力がある。敵か味方か、保守か革新か、白か黒かなど。

俳句の場合も伝統と前衛、具象と抽象、虚と実などのように二分法はそれなりの説得力を持つ。しかし俳句のような文芸では、案外二つの間のグレーゾーンに大きな意味と本質がある場合が多い。事実がきっかけだったとしても、俳句として完成させるためには想像力の働きが大きく関わる、といった具合に。

俳句に限らず、およそ文芸に二分法は馴染まないと思うが、どうであろう。

逆転の発想

〝逆転の発想〟——。俳句は逆転の発想が罷り通る世界、もっと云えば逆転の発想で成り立っている世界ではないかと思う。いつも云うように、俳句は普通のことを普通の言葉で普通に云えばよいのだが、その際すこしだけ見方を変えることが大切である。見方を変えるとは、とりも直さず発想を変える、つまり発想を逆転させることにほかならない。

〝遠いものを近くに、近いものは遠くに置け〟などと云われるように、人と違う見方、人の気が付かないことを云う。それが逆転の発想ということである。心したい。

云わないで云う

たくさん云ったから伝わるわけではない、ということは、句会などで誰しも経験していること。なんといっても俳句は五七五、十七音の世界。たくさん云うほど却って何を云いたいのかわからなくなる。俳句は云わないで云う文芸なのである。

主題は一つ。季語はそれを補うためにある。もっと云いたいと思ったら、その一歩手前で思い止まる。思い止まった部分は、必ず十七音の行間に滲み出て読者に訴えかける筈だ。

非効率

世は挙げて合理化、効率化の時代である。速いことは良いこと。役に立たないものは捨てる。もちろんそのことに異論はない。

文明と文化は似て非なるもの。効率や合理性、有用性などは、要するに文明の領域に属する。

俳句は違う。効率や合理性とは対極にあるもの。句会ひとつとってみても、清記、選句、披講などは非効率の最たるもの。しかしそんな効率など薬にしたくもない作業の中に、本物の文化が深々と息づいているのだ。

時代遅れ

最近、若い人たちの俳句を読むと、恰好いいなあ、と思うことがある。もちろん俳句は作者を離れたフィクションだが、作者自身に恰好良さや時代の先取り、といった意識があるから、俳句も恰好良くなるのだろう。

だが、俳句という文芸は、恰好良さとは正反対の、きわめて泥臭い、いわばいちばん時代遅れの文芸なのではないか。自然を愛し、人を愛し、自分を愛する、そんな今の世では一笑に付されるような、時代遅れの文芸なのではないかと思うのだがどうであろう。

虚実皮膜（一）

幾つかの句会に出ているが、女性の作者は 概して事柄を書いていることが多い。これに対して男性は概念から入っていく傾向があるようだ。事柄も概念も詩のきっかけには違いないが、詩の本質からは程遠い。

事柄や概念は意味の裏付けを必要とするが本来意味を拒否したところから詩が生れることを想えば、事柄や概念のもっと先にある虚実皮膜の世界が詩だと思うべきであろう。

虚実皮膜（二）

俳句は、見たもの、つまり眼前の事実をどう書くかではなく、眼前の事実からどう離れるか、なのではないか。

古来、写生の名句として人口に膾炙している俳句も、一見眼前の事実を書いているようで、実は事実の奥にある真実を書いているから名句なのだ。

事実を確かめたら、あとはその事実から離れる、それができなければ本物の俳句は書けまい。虚実皮膜とはそういうことであろう。

作者の意志

ノルウェーの画家エドヴァルド・ムンクは〈私は見えるものを描いているのではない。見たものを描いているのだ〉と云っている。〝見えるもの〟と〝見たもの〟は、言葉は似ているが意味するものは全く違う。つまり〝作者の意志〟ということである。

ローマの武将ユリウス・カエサルの云う〈人は見たいと思うものしか見ていない〉と通底するものであろう。

このことは俳句についても云えるのではないか。漠然と視野に入ってくるもの、つまり見えたものでなく、作者が意志を持って見たもの、それを書くのが詩であろう。

言葉を惜しむ

〈俺たちはね、歌を聴いた人が自分のなかでストーリーを紡いでいく、そのきっかけ作りをするだけなんだよ〉と、これはある作詞家の言葉である。

私たちの俳句でも同じようなことが云えるのではないか。作者は詩のきっかけだけを示す。あとは読者に任せる。作者が全部云ってしまっては、読者は何もすることがない。

作者はできるだけ言葉を惜しみ、読者の想像する場を広げる。ひとことで云えばそういうことであろう。

意味を云わない

事柄を書くのが俳句だと思っていないだろうか。事柄つまり物語は、いくら書いてもそのままでは詩にはなり得ない。俳句はもともとストーリーテリングには馴染まないのだ。

要するに、俳句は意味などどうでもいいのであって、意味はわかるが詩がわからないというのでは俳句とはいえない。句会などで、だからどうなの、と問うのは、意味事柄はわかるが、その先の詩が見えない、どういう詩が云えているのか、と問うているのである。

俳句は本来意味を云う詩では断じてない。肝に銘じて欲しい。

推敲

俳句は、製作（作句）一割、推敲九割と心得ている。製作はいってみれば思い付き、つまりきっかけである。それに肉付けをしていのちを吹き込むことで、俳句というかたちに仕上げるのが推敲である。だから推敲に時間を掛けるほど、その俳句は単純化、明確化されてシャープになる。九割はそのためのエネルギーである。推敲九割を心掛けたい。

一人芸

先年亡くなった落語家の立川談志が、生前〈人間の業の肯定を前提とした一人芸が落語だ〉と云っていたが、これはまさに私達の俳句にも当てはまることではないか。

業とはつまり人間の根源的な宿命、ということだろうから、俳句もまた人間の宿命を受け入れた上で、その在り様を書く一人芸にほかならない。

そう思うと、この広い宇宙に我一人立つ、との思いはいよいよ深くなる。

机の上で書く

俳句は自宅の机の上で作るもの、との思いは今もって変っていない。いわゆる吟行や野外、旅行での見聞はもちろんだいじだが、それはあくまでも俳句の単なるきっかけに過ぎない。そのあとの自宅の机での作業がもっとだいじなのだ。

俳句は、見たもの触れたものをきっかけにした、作者の全人生体験、人生観、世界観の総集編、と云っては云い過ぎだろうか。

吟行などの俳句が評判よかったからとそのままにせず、帰ってからの後処理にエネルギーを注ぎたい。本物の俳句を残すために。

事実と真実（二）

事実と真実は違う。事実は云ってみれば眼に見えたもの、実際に体験したこと、つまり現象である。これに対して真実は、現在の事実のもっと先、もっと奥にあるもの、つまり本質である。

だから事実をいくら積み重ねても真実にはならない。本質は眼で見るものでなく、心で感ずるものだから。

俳句は窮極的には真実を書くものである。だから常に心を研ぎ澄まして現実の奥にあるものを見ようとしていないと真実は書けない。

事実を離れる

〈俳諧は俗語を用ひて俗を離るるを尚ぶ〉は芭蕉の至言。現代の言葉で云えば、日常に目配りしながら日常を離れる、ということになろうか。もっと具体的に云うと、日常の中にどっぷりつかって生活しながら、そんな日常を振り捨てたところに詩を見付ける、ということだろう。

眼前の事実をしっかり見て、そこからどう離れて俳句にするか、俳句の要諦はそのへんにあるのかも知れない。

句会（三）

句会で主宰に採られたから、とそのまま投句したら没になった、どうしてか、という話をよく聞く。句会での選はあくまで相対選、つまりその場の句の中から定められた数の句を選ぶ。それに対して毎月の雑誌の投句は絶対選、つまりその句が本当に良い句かどうかの観点から選ぶ。選句の基準が違うのである。

　句会は云ってみれば練習の場。毎月の投句は真剣勝負の場。句会で評判がよかったからとそのままにせず、もう一度推敲した上で投句することが望ましい。心したい。

スコトーマ

「スコトーマ」という言葉がある。ギリシャ語で〝心理的盲点〟とか呼ばれているが、物理的には視界に入っているはずだが、実際には意識されていない、というようなことらしい。

ローマの武将カエサルが云った〈人はすべてが見えているわけではない。自分が見たいと思うものしか見ていない〉と同じことか。

俳句は云ってみればスコトーマのかたまり。独断と偏見の集大成である。嚙み砕いて云えば〝思い込み〟である。ただ一点、読者の共感を得られるかどうか。そこに掛っている。

下手と上手（二）

〈下手上手は気にするな。上手でも死んでいる画がある。下手でも生きている画がある〉と云ったのは、画家の中川一政だったか。

世阿弥も〈上手は下手の手本なり。下手は上手の手本なり〉と云っている。通底するものは同じだろう。

俳句も同じことが云えるのではないか。うまいなあと思うが感動しない俳句。決してうまくはないのだが、何か心に訴えてくる俳句。つまり俳句も、かたちではなく、こころだということか。

自得

繰り返して云うが、俳句に正解はない。なんでもありの世界、正解は自分が作るものなのだ。

だから、俳句は教わったり、習ったりするものではない。

人間の感動は教えたり習ったりできないのだから。

俳句は自得するもの。もっと云えば盗むものなのだ。

このことだけは、しっかりと胸に刻み込んでおいて欲しい。

あとがき

平成二十三年七月号から、令和元年十二月号まで、響焔の編集後記として書き綴ったものを、『シマフクロウによろしく』の続篇として本にまとめました。

本にするに当っては、イシワタクリエーションの石渡政義様には、快くデータを提供していただき、響焔編集長の駒由美子さんには面倒なコーディネーターの役をすすんでとっていただきました。また紅書房の菊池洋子様には、前著同様良い本にしていただくなど、皆様にはたいへんお世話になりました。ここに記して感謝申し上げる次第です。

前著同様、多くの方に可愛がっていただければ嬉しいです。

令和二年二月

山崎　聰

著者略歴
山崎 聰（やまざき さとし）
昭和6年8月16日生
昭和32年ごろ俳句入門、「響焰」主宰和知喜八に師事。
平成10年、「響焰」主宰を継承、令和2年名誉主宰。
句集『海紅』『無帽』『北斗』『飛白』『忘形』『荒星』『遠望』『流沙』。
著書『季語のある風景（正・続・新）』『喜八俳句覚え書』『シマフクロウによろしく』ほか。
現代俳句協会顧問。

住所
〒276-0046　八千代市大和田新田911-11-130

続 シマフクロウによろしく 奥附
著者 山崎 聰＊発行日 令和二年四月二十二日 初版
発行者 菊池洋子＊印刷・製本 シナノ書籍印刷株式会社
発行所 〒170・0013 東京都豊島区東池袋五―五二―四―三
○三 紅（べに）書房
乱丁・落丁本はお取換します
電 話 ○三（三九八三）三八四八
FAX ○三（三九八三）五○○四
振替 ○○一二○―三―三五九八五
ISBN978-4-89381-335-0

https://beni-shobo.com
info@beni-shobo.com